閱讀123

國家圖書館出版品預行編目資料

泡泡精靈4：吸吸鳥的封印/嚴淑女作；蜜可魯
插畫. -- 第一版. -- 臺北市：親子天下股份有限
公司, 2023.05　　　120面；14.8x21公分
ISBN 978-626-305-458-5（平裝）

863.596　　　　　　　　　　112003934

泡泡精靈❹ 吸吸鳥的封印

文｜嚴淑女

圖｜蜜可魯

責任編輯｜陳毓書、蔡忠琦

美術設計｜蕭雅慧

行銷企劃｜翁郁涵

天下雜誌群創辦人｜殷允芃

董事長兼執行長｜何琦瑜

媒體暨產品事業群

總經理｜游玉雪

副總經理｜林彥傑

總編輯｜林欣靜

資深主編｜蔡忠琦

版權主任｜何晨瑋、黃微真

出版者｜親子天下股份有限公司

地址｜台北市 104 建國北路一段 96 號 4 樓

電話｜（02）2509-2800　傳真｜（02）2509-2462

網址｜www.parenting.com.tw

讀者服務專線｜（02）2662-0332　週一～週五：09:00～17:30

傳真｜（02）2662-6048　客服信箱｜parenting@cw.com.tw

法律顧問｜台英國際商務法律事務所・羅明通律師

總經銷｜大和圖書有限公司　電話：（02）8990-2588

出版日期｜2023 年 5 月　第一版第一次印行

定價｜300 元

書號｜BKKCD159P

ISBN｜978-626-305-458-5（平裝）

—————————— 訂購服務

親子天下 Shopping｜shopping.parenting.com.tw

海外・大量訂購｜parenting@cw.com.tw

書香花園｜台北市建國北路二段 6 巷 11 號　電話（02）2506-1635

劃撥帳號｜50331356　親子天下股份有限公司

立即購買 >

泡泡精靈④
吸吸鳥的封印

文 嚴淑女　圖 蜜可魯

目錄

1. 能量寶石故障了!

啪滋!

發射臺的能量寶石發出閃光,飛船快速翻轉,衝出軌道,瞬間消失了!

飛船從兩排房子中間的石板路往上衝，直到撞到路燈才停下來。

露露和波波爬出飛船，按下胸前的變身按鈕大喊：

變身放大！

漆黑的街道上，路燈忽明忽暗。

波波打開泡泡手電筒，四處張望，他好奇的問：「露露，能量寶石是不是故障了？這裡是哪裡啊？」

「我查一下！」露露按下泡泡智慧錶上的紫泡泡，連線到泡泡星總部，進入願望能量球的資料庫搜尋。

紫泡泡顯示「資料搜尋中」，最後出現「連線中斷」。

露露緊張的說：「系統好像故障了，等等再試！」

波波點點頭，這時，一個黑影衝過來，搶走他的背包。

「啊！我的背包！」波波大喊。

「快追！」露露一馬當先，她和波波跟著黑影人，在狹小的巷弄中奔來轉去，最後跑到一塊大空地。他們看著黑影人快速鑽進一頂大帳篷。

波波馬上要衝進去，露露拉住他說：「等一下！」

「快點啦！」波波急得大叫。

露露抬頭看到帳篷上立著一個小丑木偶，招牌上寫著：

童話小鎮：偶多多帳篷劇場。

露露拿出口袋裡的一張紙，看了一下——

童話小鎮！這裡就是任務地點。

你太厲害了！想到要先把任務表印出來！

10

這時候，從帳篷裡傳來笛子聲。

「走！」波波馬上衝進去。

「小心點！」露露跟著波波跑。

午夜場沒人，咕咕鐘指著十一點五十五分。舞臺上的男生木偶吹笛子，後面跟著一群舞動的木偶，上方有個黑衣人正在操縱這些木偶……

「小孩跟著吹笛人……」

……一邊跳舞一邊走進森林，再也沒有人見過他們。」隨著黑衣人的旁白，所有懸絲偶走進後臺，紅色布幕慢慢拉上。

第一次看木偶戲的露露，被靈活的木偶吸引。但是波波無心看戲，他急著找黑影人想拿回背包。

12

他找了好久，只在階梯下找到一隻大黑布鞋。

波波大喊：「露露，我找到一隻鞋！」

「會不會是黑影人的？」露露衝了過來，拿起鞋子，想在上面找到一些黑影人的線索，突然，一隻布穀鳥從咕咕鐘裡彈出來，叫了十二聲，鐘面顯示十二點。

13

刷一聲！舞臺的紅布幕拉開；啪一聲！帳篷內的燈全亮了！

一群木偶跑到舞臺上倒立、翻跟斗，又蹦又跳，開心大喊：

「大家快來玩啊！」

露露驚訝的說：「舞臺上的木偶為什麼能自己移動？」

這時候，從舞臺後方傳來音樂聲，七彩泡泡飄滿整個舞臺，

木偶們開心的追著泡泡到處跑。

波波和露露馬上衝到後臺，只看到一個戴軟帽、穿條紋衣的

小木偶，正按著一臺大象造型的泡泡相機，地上有個背包。

木偶用手遮住鼻子，大聲說背包是他的。波波氣得大喊：「你說謊！我看過小木偶的故事。故事中的小木偶，只要說謊鼻子就會變長！」

木偶抬起頭說：「我——我很需要這個泡泡相機！」

波波和露露覺得很奇怪。

木偶突然大哭：「因為我要對著泡泡許願，請泡泡精靈讓我們變回真小孩！」

沒想到臺上的木偶全是真小孩！他們驚訝的看著大哭的木偶。露露急著問：

「你叫什麼名字？你之前是怎麼許願的？」

「我叫皮皮。我之前都對著卡拉的迷你泡泡機許願。」

他緊緊抓著泡泡相機，只把背包還給波波，接著說：「我在後臺撿到背包，發現這臺一按就會冒出泡泡

18

許願者
小木偶
皮皮

願望
解除黑魔法，變回真小孩
許願次數：66 次以上
願望泡泡：66 顆以上

者的資料。

經修復了。螢幕上出現許願上的綠泡泡，發現系統已

露露按下泡泡智慧錶包，檢查裡面的寶貝。

波波趕快打開背

我一直許願！」

的相機，可以讓

2. 解開數字密碼

露露看到許願者就在眼前，她開心大叫：

「找到小木偶皮皮了！」

「你們是誰啊？」皮皮問。

「想知道嗎？」波波和露露得意的按下手錶中央的圓形泡泡，四周飄出好多彩虹泡泡，他們一邊跳泡泡踢踏舞、一邊唱：

踢踢踏踏踢踢踏，
一起來吹泡泡！
願望泡泡飛上天，
泡泡精靈就來到！

我是波波！我們是泡泡星的泡泡精靈！

我是露露！

21

看到泡泡精靈真的出現了，皮皮興奮的拉著波波和露露，請求他們幫忙解除黑魔法，變回真小孩。露露說：「除了真心許願外，還得看你願意付出多少努力。」

「只要能實現願望，我什麼都願意！」皮皮急著說。

波波好奇的問：「為什麼你們會變成木偶呢？」

22

因為我們全中了胖小丑的黑魔法。前天我去上學時，看見空地上出現一頂新的大帳篷。高大的胖小丑一邊發送變形為各種動物的泡泡氣球，一邊宣傳偶多多劇場的泡泡魔術表演。在場所有的小孩立刻衝進去！

我也好想要一顆變形氣球！

波波，聽重點。

皮皮描述胖小丑吹了各種神奇泡泡。最後一顆巨大泡泡飛過去把所有小孩包住時，他興奮的閉上眼。等他張開眼睛，發現大家全變成懸絲木偶了！只在午夜十二點到十二點半才能自由行動。

24

你怎麼知道是中了黑魔法呢？

我的好朋友卡拉告訴我的！我去叫他！

卡拉比手畫腳和露露、波波說胖小丑在小丑鎮用黑魔法的事情。

因為卡拉發現這個祕密，他也被變成木偶，被迫跟著胖小丑的偶多多帳篷劇團到處演戲，前天才來到童話小鎮。

26

卡拉跟我們一樣都好想解除黑魔法。他對我很好，我變成木偶時好害怕，躲在角落哭，那時候卡拉就搖著迷你泡泡機，對我說，只要一直對著泡泡許願，泡泡精靈就會來幫忙了！

沒錯！最厲害的泡泡精靈真的來了！

27

皮皮急著問：「你知道解除黑魔法的方法了？」

「還在想！」波波摸著頭呵呵笑。

腦筋轉得快的露露，馬上問：「卡拉，你在劇團最久，你有解除黑魔法的線索嗎？」

「有！昨晚午夜自由時間，我經過胖小丑的房間，偷看到他拿出一張紙說：『解開這個數字密碼，就能找到吸走黑魔法的吸吸鳥，這祕密可不能被發現。』我趁他去廁所時，把紙張偷出來了。」卡拉從口袋拿出一張泛黃的紙。

「這些圖和解開密碼有什麼關係？」波波好奇的問。

露露想想，指著箭頭說：「我猜應該要按照順序，找到這四種東西。只是要從哪裡找起呢？」

皮皮看著圖案，突然大叫：「我知道了！那應該是老城廣場的石橋。石橋上有個小狗立體雕像。每次進城時，爺爺都會拉著我的手，一起摸摸小狗雕像，聽說會帶來好運！」

「太好了，皮皮快帶我們去找小狗雕像吧！」卡拉抓著皮皮就要往外跑。

31

等一下！請跟我唸實現願望的三大密語，讓任務更順利。

彩虹時光泡泡可以延長你們自由活動的時間，我們快走吧！

皮皮帶著他們跑過彎彎曲曲的石板小巷，最後終於踏上古老的石橋。石橋中央有尊石頭雕像。

皮皮指著全身被摸得發亮的雕像說：「小狗雕像在這裡！」

大家趕快摸摸小狗的頭、身體和腳，也在雕像四周找了又找，卻找不到和那串數字相關的線索。

跑得好累的波波，想靠在小狗雕像身上休息一下。他的背包撞到小狗高翹的尾巴，沒想到尾巴竟然往下一彎。

「波波，你竟然把狗尾巴弄斷了！」

最愛小狗雕像的皮皮氣得大叫。

「對不起！對不起！」波波一轉身，又碰到狗尾巴，他發現尾巴竟然會轉動！

小心！一點！

34

波波快轉好幾圈之後，小狗的胸前彈出一個抽屜，裡面

有一顆藍色泡泡球。

「這泡泡球和泡泡星的好像喔！」波波

把球拿給露露。

露露發現球中央還漂浮一串文字和數字，大家馬上擠過來看。

時間魔咒的祕密
135797531

露露指著球說：「這串數字和紙張上的一模一樣。」

「真的嗎？快把球給我！」卡拉急著要拿球時，一不小心掉到欄杆外，他嚇得大喊救命。

皮皮馬上拉住他，波波和露露也來幫忙，好不容易才把卡拉救上來。卡拉一爬上來，就要露露把球給他。他拿出紙張比對之後，說：「完全一樣。可是時間魔咒的祕密又是什麼？」

沒耐心的皮皮馬上把球和紙張搶過來，拿給露露：「你們不是最屬害的泡泡精靈嗎？快點解密！」

「你別急，我正在想。」露露來回看著球和紙張。

「我不想等了！」

「生氣又不能解決問題。」波波拍拍皮皮的肩膀時，他和露露的順風耳耳機同時傳來鐘聲和歌聲。

露露問：「皮皮，童話小鎮有會唱歌的時鐘嗎？」

「沒有。不過，老城廣場塔樓上的咕咕鐘，整點時會有動物偶出來唱歌和遊行。」

皮皮從口袋裡拿出他和爺爺在鐘前的開心合照。

38

3. 時間魔咒的祕密

皮皮帶一行人跑過彎彎曲曲的石板小巷，經過許多色彩繽紛的房子，終於來到老城廣場的塔樓前。

露露指著鳥形咕咕鐘上的圓鐘說：「如果把兩個鐘面上的年分、日期和時間調成一三五七年九月七日五點三十一分，或許就能解開時間魔咒的祕密了！

波波，我們快上去試試看。」

露露和波波利用泡泡繩快速爬上去。

他們轉動年分和日期，圓鐘指針快速倒轉無數圈後，鐘面上方數字11的小門打開了。一隻機械小狗頭上頂著一顆黑色泡泡球走出來。

波波把球拿起來，開心的說：「哇，這顆球上有泡泡星的金色徽章，裡面還有一隻小鳥在睡覺！」

卡拉激動的大叫：「吸吸鳥就是被封印在這顆球裡！快把球丟給我，我知道怎麼解開封印，叫醒吸吸鳥！」

「沒問題！」波波正要丟球時——

露露從另一邊溫過來，把球拿過來說：「不可以亂丟，會摔壞的。」露露邊說邊把球小心放進背包裡，慢慢爬下塔樓。

露露一腳才踏在地上——

卡拉馬上粗魯的拉開露露的背包，拿出泡泡球，他高興的大叫：「我終於拿到了！」

卡拉從口袋裡拿出一根捲捲的彩虹吸管，得意的說：

「卡拉，你怎麼知道要如何解開封印？」露露問。

「我從胖小丑的寶盒裡找到用吸管喚醒吸吸鳥的方法。」

皮皮和卡拉擊掌，他開心的說：「你真的太厲害了。快點叫醒吸吸鳥吧！」

44

卡拉把泡泡球放在掌心，用彩虹吸管一吸一吹，吹奏出獨特的小鳥叫聲。

泡泡球開始快速旋轉，飛上天空之後迸開。

飛出一隻有七彩羽毛，嘴又長又捲的小鳥。

小鳥飛回卡拉的手心，發出啾啾的叫聲。

「吸吸鳥醒了！」皮皮好開心。

「卡拉，你太厲害了！」波波也拍手歡呼。

卡拉得意的把吸吸鳥放在皮皮和自己的手心上。牠馬上用嘴吸呀吸，皮皮和卡拉的臉色慢慢紅潤，變回真小孩了！

皮皮歡呼：「願望實現了！」

46

「太好了！」露露說：「我們快去救其他小孩。」

「沒問題！」波波要拿吸吸鳥時，卡拉馬上說要把牠關進金色小鳥籠裡，避免飛走。

露露提議由她保管鳥籠時，卡拉突然又大喊：「你們看，那是什麼？」

47

大家一轉頭，看見有個招牌寫著「午夜點心」的小攤子，傳來陣陣香味。

「『煙囪捲』！這是童話小鎮最有名的點心，我好想吃啊！」皮皮和卡拉圍在小攤子旁邊流口水。

波波看著在鐵棍上烤得金黃的煙囪捲，舔舔舌頭說：

「好香，好想吃一個啊！」

「不行！」露露搖搖頭：

「我們應該先回帳篷完成任務。」她拉著皮皮、卡拉和波波轉身就要走。

皮皮竟然坐在地上又踢又叫，大喊現在就要吃煙囪捲。

攤販叔叔說：「剛剛有客人付錢，要我送四個給今晚的

幸運客人，就是你們吧？」

「對對對！」皮皮、波波和卡拉馬上回答。

叔叔把煙囪捲遞給他們。皮皮和波波馬上接過來，大咬

一口。想不到，煙囪捲竟然變大，還發出尖叫聲，就像一條

生氣的黃金蟒蛇把他們緊緊纏住。

他們兩個嚇得大喊：「救命啊！」

攤販叔叔也
ㄊㄢˊ ㄈㄢˋ ㄕㄨˊ ㄕㄨˊ ㄧㄝˇ

嚇得推著
ㄒㄧㄚˋ ㄉㄜˊ ㄊㄨㄟ ㄓㄜ

攤子跑掉了。
ㄊㄢ ㄗˇ ㄆㄠˇ ㄉㄧㄠˋ ㄌㄜ

露露急著想拉開波波身上的煙囪捲，卻被伸出來的煙囪捲纏住！

卡拉，快救救我們！

我才不會救你們呢！

卡拉，你……你怎麼變成大人了？

52

53

呼拉拉得意大笑：「不只變身，為了拿到吸吸鳥，我和呼嚕嚕在童話小鎮待了三天，做了不少事呢。剛剛我讓呼嚕嚕在煙囪捲上偷偷撒了瘋狂粉，才能輕鬆捉住你們。呼嚕嚕，你不用躲了，快出來吧。」

他揮揮手說：「波波、露露，好久不見！」

一個穿著小丑服，拿著小丑假髮的光頭大個子走出來，

「呼嚕嚕，你怎麼還幫呼拉拉做壞事？」露露好生氣。

波波看著左腳穿著黑布鞋的呼魯魯，他想起他在帳篷裡撿到的黑布鞋，他大喊：「原來搶走我背包，把我們引到劇場的黑影人就是你！」

「沒錯！」呼魯魯握著波波的手，對他眨眨眼。

「呼拉拉，你這次為什麼又來破壞任務？」露露好生氣。

「哼，我本來只想破壞任務，以報你們害我沒選上泡泡精靈國王的仇。」呼拉拉高舉小鳥籠，得意的說：「不過，我無意間得知，泡泡星魔力強大的吸吸鳥被封印後，藏在童

56

話小鎮這件事，於是有了更邪惡的計畫！

「你想做什麼？」露露緊張的問。

呼拉扯下波波和露露的泡泡智慧錶，說：「如果你們能回到泡泡星就會知道了。」

「呼拉拉，我一直把你當成好朋友，你竟然利用我！快把吸吸鳥給我！」皮皮氣得一直往上跳，想要搶鳥籠。

卡拉把鳥籠舉高，說：「那可不行。牠得先幫我完成邪惡計畫呢。我們先走了！」

呼拉拉把一顆黑泡泡往地上一丟，立刻出現一臺噴射跑車，他和呼魯魯駕著跑車飛走了。

呼拉拉，你不能這麼做！

大壞蛋，快回來！

受到尖叫聲刺激的瘋狂煙囪捲，一陣緊縮，把他們纏得更緊了。

露露想剪掉綁住身體的煙囪捲，但是拿不到背包裡的剪刀。

波波扭扭被綁緊的手，好不容易才轉動手掌，卻發現手心上有一個呼魯魯舔舌頭的大頭影像，對他眨眼睛。

61

「露露，你看！這應該是呼魯魯剛剛握我的手所留下的圖案。」他把手心展示給露露看，皮皮也好奇的擠過來。

「他為什麼一直舔舌頭呢？」露露覺得好奇怪。

「表示好吃嗎？」波波舔舔舌頭。

「應該是。我和朋友最喜歡舔煙囪捲上的糖粒，再把它撕成捲捲長條，一人咬一邊，看誰吃掉最多呢！」皮皮也舔舔舌頭。

波波想起以前他也常和呼魯魯玩舔泡泡糖的遊戲。

啊！我知道呼魯魯要告訴我什麼了！

波波馬上轉頭，輕輕舔一下綁住身體的煙囪捲。

煙囪捲抖了一下，發出咯咯的笑聲。波波眼睛一亮，

繼續舔舔舔。

煙囪捲扭啊扭，喊著：「好癢，好癢喔！」

波波開心大喊：「煙囪捲怕癢，大家快舔！」

他們馬上舔舔舔──咯咯笑的煙囪捲，就像繩子

一樣鬆脫在地上。

「成功了！」他們開心的擊掌。

皮皮急著說：「我們快點去泡泡星！」

64

露露無奈的說：「智慧錶被呼拉拉拿走了，無法呼叫泡泡飛船，我們根本回不了泡泡星，也沒辦法和泡泡精靈國王聯絡。」

「怎麼辦？」皮皮急得團團轉。

露露拍拍皮皮的肩膀說：「你不要急，我們一起想辦法。」

波波在背包裡翻來翻去。

65

「有了！」波波拿出一組魔法泡泡和吸管，用力吹出一顆大泡泡。泡泡飄到天上翻轉幾圈後落在地上，變成一臺泡泡飛船。

露露驚訝的說：「哇！這是第一代簡易泡泡飛船，你還裝在背包裡啊？」

「當然！」波波得意的展示滿是寶貝的背包。

然後，他拿出一把槍對著皮皮。皮皮嚇得舉起手說：

「你⋯⋯你要做什麼？」

66

別怕！這是MM怪獸留下的扭蛋槍。只要按下縮小按鈕，你就能縮小，進入泡泡飛船。

波波，你的寶貝真有用，我們快進去吧！

哇，好神奇，我被縮小了。

露露和波波按下胸前的變身按鈕，他們立刻縮小，一起登上泡泡飛船。

想知道 MM 怪獸是誰？請看《泡泡精靈 2：玩具屋大冒險》。

就在大家陷入絕望時，波波靈機一動，他建議可以用背包「隔空取物」的功能，從撲滿豬中取出他們的泡泡彩虹圈，合起來許願，應該就能飛回泡泡星了。

可是……可是，我好不容易才累積一九九〇個彩虹圈，如果這次全部用掉，我就無法實現我的願望了。

沒問題！只要我們多完成幾個超級任務，很快就能贏得更多彩虹圈，完成你的願望。

露露握拳說：「沒錯！而且現在最重要的願望是拯救泡泡星。」

他們把背包放到地板上，按下「隔空取物」的按鈕，在心中默唸三次泡泡彩虹圈。按鈕閃著紅光，直到叮一聲，他們打開背包，拿出裝滿彩虹圈的撲滿豬。

71

露露和波波手拉手，圍著兩個撲滿豬真心許願：「快速飛回泡泡星！」

撲滿豬發出強光，閃耀著彩虹光芒的彩虹圈全飛出來！

彩虹圈在空中排成一個巨大的彩虹愛心。愛心在願望能量瓶中輸入滿滿的能量，泡泡飛船快速飛向泡泡星。

5. 決戰魔法吸吸鳥

他們飛近泡泡星時，發現泡泡星不僅扭曲變形，還出現好多破洞，翠綠森林和泡泡足球場全被炸壞了！

連百合花高塔上那朵閃耀的百合花瓣都乾枯了，花心還出現一個大洞！

皮皮把臉貼在玻璃上，他看到外面的景象，嚇呆了！

「天啊！可惡的呼拉拉竟然把我們的家破壞成這樣！」露露氣得大叫。

「露露，快點降落！我們要馬上阻止呼拉拉！」

波波也著急了。

他們正要降落時，突然傳來巨大的爆炸聲，飛船被震得直接掉進百合花心的大洞中。

飛船在地上翻滾好幾圈，最後撞到櫃子才停下來。他們一爬出飛船，就看見一隻高速拍動翅膀的巨大吸吸鳥，牠正在用又捲又長的喙子吸取願望能量球的能量。眼看球裡的能量就快被吸光了！

泡泡精靈國王指揮一群泡泡守衛精靈用泡泡彈弓發射冰凍泡泡，想把吸吸鳥冰凍起來。

沒想到，冰凍泡泡飛近高速拍動的翅膀，立刻碎成一顆顆小冰球，往四面八方噴射。泡泡精靈左躲右閃，差一點就被凍結了！

泡泡精靈國王急得大喊：「大家快躲起來！」

露露、波波和皮皮也趕快躲到櫃子後面。

把噴射跑車停在願望能量球頂端的呼拉拉，此時與呼魯魯站在車頂上。

呼拉拉按下披風中的廣播按鈕，對泡泡星的精靈們大聲喊：「你們當初應該選宇宙無敵強的呼拉拉當國王，現在的國王無法保護你們。等吸吸鳥吸光願望能量，泡泡星就會消失，你們也會消失！哈哈……」

呼拉拉看著手錶說：「只要你們願意幫我打造黑魔法泡泡星，就能獲救。只剩十分鐘了！」

情況緊急，露露用耳機和泡泡精靈國王說明他們被呼拉拉欺騙的過程。

國王搭著小雲，飛到他們藏身的櫃子後面。

露露緊張的問：「現在應該怎麼辦？」

國王說：「必須先讓吸吸鳥的心跳慢下來。」

「為什麼？」他們好奇的問。

國王拿出一本《怪奇動物園》的魔法書。

魔法吸吸鳥的心跳只要每分鐘超過六百下，看見什麼就要吸到乾為止。牠曾被黑魔法巫師利用做壞事，才會被封印，藏在童話小鎮。我沒料到呼拉拉會偷走找到吸吸鳥的密碼和喚醒牠的彩虹吸管，利用吸吸鳥進行邪惡計畫。

皮皮對國王一鞠躬，說：「對不起！造成泡泡星的危機，都是我的錯。」

「沒關係。當務之急是讓吸吸鳥恢復正常心跳。」

國王拿出一根金羽毛說：「只要拿羽毛在吸吸鳥的脖子輕拂三下，牠就會停止吸吮，讓願望能量回流到能量球。」

「我馬上去！」皮皮拿起金羽毛，就要往外衝。

露露拉住他說：「你一衝出去，馬上就會被呼拉拉捉走，要想好計畫再行動！」

皮皮把金羽毛拿給露露，不好意思的說：「我每次都太衝動了，下次會改進。」

「凡事都要先想好計畫，行動才能成功。」國王探頭看

了一眼吸吸鳥和願望能量球，說：「我們的時間不多了。

你們有什麼好主意？」

露露說：「我們必須爬到吸吸鳥脖子上，

用金羽毛讓牠心跳放慢，又不能被呼拉拉

發現，所以⋯⋯」

露露還沒說完，口渴的波波拿出不銹鋼小水壺

想喝水，一不小心撞到櫃子，發出巨大聲響。

84

是誰？是誰在那邊？

「噓！波波，你小心點！」皮皮小聲的說。

波波製造的聲響，讓露露靈機一動：「我想到了！我們的作戰計畫就是『聲東擊西』。」

露露和大家討論如何執行計畫之後，馬上分開行動。

皮皮跑到願望能量球的下方，用金屬湯匙用力敲響小水壺，並大喊：「呼拉拉，你這個大壞蛋，快點滾出泡泡星！」

呼拉拉往下一看，笑嘻嘻的說：「沒想到你這個任性又愛哭鬧的小皮皮竟然能掙脫瘋狂煙囪捲，還來到泡泡星。咦？露露和波波嚇得

86

躲起來了嗎？吸吸鳥馬上就要吸光願望能量，

我的願望要實現了！

「哼！你的邪惡計畫不可能實現！」

皮皮敲響小水壺三下之後，國王馬上帶著泡泡

守衛精靈，從四面八方衝出來，他們一起用力敲響

手中的小水壺。

巨大的聲響，讓呼拉拉搗起耳朵大喊：「別敲了！」他

用手指彈出黑泡泡彈，大家敏捷的躲開了，讓他氣得大叫。

露露看到皮皮他們成功轉移呼拉拉的注意力，她和波波

利用彈跳鞋，快速往吸吸鳥身上爬。

的強風，差點把他們吹落！他們拚命抓緊羽毛，用盡全力才

爬到吸吸鳥的脖子附近。

露露拿出金羽毛，正要輕拂牠的脖子時，突然一顆大頭

出現在她的面前，高興的說：「你們回來啦！」

88

嚇一大跳的露露手一鬆，金羽毛瞬間飛走了！

雙腳勾住跑車，倒吊下來的呼魯魯笑咪咪的說：「我就知道波波能解讀我留在他手心的圖案，我很厲害吧？」

「你真的很厲害！這招太妙了。」波波比出讚的手勢。

露露小聲的對呼魯魯說：「謝謝你的幫忙。只是你剛剛突然冒出來，害我的金羽毛飛走了，怎麼辦？」

呼魯魯看著隨風飄走的羽毛，說：「喔，那我幫你拿回來啊！」

「我去拿！」波波快速往上爬。

露露和呼魯魯抬頭，看到波波迅速爬到靠近願望能量球頂端的地方。

那根金羽毛竟然飄到呼拉拉披風的下擺裡！

波波悄悄伸手要去拿，呼魯魯挺身往上，也想幫忙。卻不小心撞到呼拉拉，讓金羽毛又飄到呼拉拉的連身帽上。

呼拉拉氣呼呼的大叫：「快去解決討厭的噪音！」

「是的，主人！」呼魯魯馬上用兩隻大手，搗住呼拉拉的耳朵。

呼拉拉大喊：「你在做什麼？」

「搗住耳朵，你就聽不到噪音啦！」呼魯魯好得意。

「笨蛋！我是要你解決那些發出噪音的泡泡精靈！」呼拉拉氣得直跳腳，金羽毛被震得掉下來，波波馬上接住。他順手拿走小鳥籠，快速往下爬。

波波用金羽毛在吸吸鳥脖子上輕拂三下，吸吸鳥的心跳逐漸變慢並停止吸吮，願望能量快速回到能量球。波波和露露馬上跳到能量球上，開心的擊掌。

吸吸鳥慢慢變回可愛

可惡的露露
和波波，
竟敢破壞
我的計畫，
快把吸吸鳥
還給我！

的小鳥，發出啾啾的叫聲，波波馬上把牠放進鳥籠裡。

這時，拉住呼魯魯的呼拉拉眼睜睜看著吸吸鳥變小，願望能量快速回歸能量球，他氣得在車頂上直跳腳。

「你來拿啊！」波波對呼拉拉扮鬼臉，快速往下爬。

呼拉拉正要發射泡泡彈攻擊時，已恢復功能的願望能量球發出警告聲：

「偵測到危險攻擊，啟動自動電擊！」

96

啪滋一聲，呼拉拉立刻被電得昏頭轉向，他嘴裡還喃喃

的唸著：「我……我一定會再回來！」

呼魯魯開啟噴射跑車的車頂，把呼拉拉抬進車子裡。

呼魯魯從呼拉拉的披風中拿出智慧錶，丟還給露露和波

波。他開心的大喊：「下次見了！」說完就開著跑車，快速

從破洞離開。

6. 解除最後的黑魔法

波波大喊：「我們打敗呼拉拉，成功拯救泡泡星了！」

充滿願望能量的泡泡星快速自動修復家園，大家全部一起高聲歡呼。

「我們快帶吸吸鳥回去幫大家解除黑魔法！」皮皮拉著

波波和露露往外跑。

他們搭上泡泡飛船，瞬間移動到偶多多帳篷劇場。

波波和露露按下變身按鈕，幫皮皮變回正常大小之後，他們躲在皮皮的帽子上。

皮皮衝進劇場，他把吸吸鳥放在一個小女孩木偶的手心上。吸吸鳥馬上吸呀吸，木偶臉色紅潤，變回真小孩了！

舞臺上的木偶們又驚又喜。

100

101

等到吸吸鳥吸走每個木偶的黑魔法，變回真小孩的他們開心的在舞臺上歡呼大叫。露露在泡泡船後面加上一個能搭戴所有小孩的大泡泡球，並把他們安全送回家。

最後，他們帶皮皮飛回家。遠遠的就看見寫著「皮皮木偶工坊」的房子門口掛著一盞燈。

房子裡有個老爺爺在燈光下雕刻小木偶。旁邊放著一疊有皮皮照片的尋人啟事。

原來皮皮失蹤後，傷心的爺爺一直到處張貼尋人啟

事，希望可以找到他最愛的孫子。

為了不要嚇到爺爺，縮小的波波和露露

躲在皮皮的帽子上。

皮皮
木偶工坊

皮皮激動的推開木門，大喊：「爺爺，我回來了！」

老爺爺驚訝的張開雙手，把衝過來的皮皮抱得緊緊的，他一邊流淚一邊說：「皮皮，你終於回來了。我真的好想你啊！」

「爺爺，我也好想你啊！」皮皮抱緊爺爺，邊哭邊說：「我以後會控制自己，不要說謊，也會乖乖去上學！」

露露看看時間，跳到皮皮的耳朵旁小聲說：「任務完成，我們要趕快回泡泡星了！」

皮皮跟爺爺說室內太冷，趁著去外面幫忙拿柴火時，送露露和波波出去。

謝謝你們幫我完成願望，送我回家。

沒問題！

也謝謝你幫忙完成任務。

下次一定要請我吃煙囪捲喔！

7. 露露的特別願望

露露和波波搭著泡泡飛船回到泡泡星。他們走向百合花高塔內的願望能量球時，露露嘆了一口氣：「可惜我們的泡泡彩虹圈都用完了。波波，我們要更努力完成任務，蒐集更多泡泡彩虹圈，完成我的願望！」

「沒問題！」波波大聲回答。

泡泡精靈國王飛過來說：

「快掃描你們的智慧錶，看看最厲害的泡泡精靈這次能帶回多少願望能量？」

波波和露露靠近泡泡任務機感應，智慧錶一輸入，球中的能量指數馬上多了三千。任務機發出聲音說明。

任務完成度：100%

任務難度：10（非常高）

許願者滿意度：100%

獲得泡泡彩虹圈：
波波3000個、
露露3000個

泡泡彩虹圈累計：
波波3000個，
露露3000個

110

「為什麼得到這麼多泡泡彩虹圈呢？」波波很好奇。

國王笑著說：「因為你們不僅完成任務，還打敗呼拉拉，解除泡泡星的危機，當然能獲得這麼多獎勵。」

「太棒了！」波波開心的倒立。

「我可以完成願望了！」露露開心的轉圈圈。

「你的願望到底是什麼？」波波好奇的問。

「需要三千個泡泡彩虹圈的願望肯定不簡單。」泡泡

精靈國王也很想知道。

112

露露從背包中拿出一個裝滿泡泡球的盒子說：

「自從上了『怪奇動物課』之後，我就好喜歡這些獨特的動物，也開始蒐集牠們的立體模型泡泡球。但是，我最大的願望是親眼見到這些動物。」

「這真的很難耶！」波波倒立想了一想。

「那可不一定。」泡泡精靈國王拿出《怪奇動物園》

這本書說：「只要拿到書中的『怪奇動物園』門票，就能完成你的願望。」

露露拉著國王說：「快告訴我如何拿到門票！」

泡泡精靈國王翻到畫著「怪奇動物園」大門的那一頁。

他教露露對著門口的售票亭說：「兒童票一張」，接著要掃描智慧錶支付泡泡彩虹圈。露露緊張的等待著。

沒多久，一顆閃著彩虹光芒，上面寫著「怪奇動物園」一日悠遊球」的泡泡飛出來，啵一聲，就印在露露的手心上。動物園的門緩緩打開，還傳來輕快的歌聲。

116

「我的願望終於可以實現，我先走了！」露露開心大喊之後，就被吸進去。

「等等我，我也想進去玩啊！」波波大喊。

怪奇動物園的大門關上，《怪奇動物園》的書頁也自動闔上。

「只有許願者才能進去，

118

你下次也許個特別的願望吧！」泡泡精靈國王笑著說。

「好啊！我一定要想一個超級特別的願望。」波波開心的倒立。

怪奇動物園

波波，怪奇動物園太好玩了。我還見到有怪怪能力的尋夢獸和迷路怪喔！

好羨慕！啊，我想到特別的願望了！

什麼願望？

帶怪奇動物去執行任務！

尋夢獸

身體圓胖，身體會隨著捕捉到美夢、惡夢而變色，有三條靈敏的探測器長鼻子，頭頂上還有捕夢泡泡網。

專長
尋找各式各樣的夢，用捕夢泡泡網捕捉後裝在泡泡瓶中，提供夢境泡泡師製作不同的夢境。

第66頁

迷路怪

毛絨絨的圓形迷你生物，有雙大眼睛，兩隻小腳，可以縮起來滾滾滾，還會隨著環境變色和偽裝，最愛唱迷路歌。

專長
迷路。專門製作迷路地圖，提供上山下海、過去未來、不同時空、不同情境的迷路旅行。

第188頁

閱讀123